*Osservo quel giorno
Dove i miei occhi
Si riempiono di luce.*

INTRODUZIONE

Caro lettore,

quando il buio prende il sopravvento sulla luce, quasi da diventare un tormento, rovinando le tue giornate di sorrisi, ricordati che non è il sole a cercare te ma devi essere tu a seguire una strada che ti porta da esso. Fermati, rifletti, guardati intorno e cerca di osservare ciò che Dio ha creato per te. La felicità? L'amore? La vita? Ascolta il tuo cuore; ascolta cosa ha da dire, ha bisogno di una guida, cerca una stella. Se leggi attentamente i versi di quest'opera, sentirai le stesse emozioni che tu stesso hai provato, dove vedrai che di fronte ai tuoi occhi, s'illumina un sentiero che ti guida verso la conoscenza della vita e dell'amore...si chiama la via del Sole.

Iolanda Ferraro

UNA VITA SOTTO IL SOLE

IOLANDA FERRARO

*Dedico quest'opera a chi ci ha donato LA VITA,
al nostro DIO ONNIPOTENTE, GEOVA,
ringraziando per il SUO IMMENSO AMORE
che nutre profondamente per noi,
il motivo per cui esistiamo.*

IL MIO MONDO

Pioggia e tempesta
Sconvolsero l'aria.
Poi tra le nubi
Spuntò un raggio di sole
Che regalò al mio mondo,
pieno di sogni e di emozioni,
quella pace che gli era stata tolta.

PASSI INFINITI

Un passo, due,
piccoli passi per raggiungere la meta,
son tanti, infiniti,
che dovrai fare,
ogni passo per andare avanti,
ogni passo per crescere,
ogni passo per dare un senso alla vita.
Passi lenti per andare lontano,
per raggiungere la vetta
senza ferite, senza rimpianti,
andare avanti, senza conoscere limiti.
Passi pieni di vita, di sorprese, di sorrisi.
Son passi infiniti,
ma ogni passo,
è un'occasione per conoscere.

L'ARTE DELLA LUCE

Una pennellata qui,
una pennellata lì,
e tutto resta bianco.
I raggi dipingono
E il mondo è un'arte,
qualche sfumatura
e tutto resta bianco.
E i colori?
La luce nasconde i suoi segreti,
ma l'acqua tutto mostra.
Il sole tramonta,
tutto resta buio
e i colori periscono.
Le stelle dipingono il cielo,
ma il mondo è assente.
Dietro i monti dell'occidente,
spunta un raggio
e tutto torna bianco.

POETA O SCIENZIATO?

Si dice che la scienza sia limitata,
ma il progresso tecnologico chi l'ha inventato?
Il poeta o lo scienziato?
È la ragione il limite della scienza,
la macchina, una volta invecchiata,
muore e non resuscita.
La poesia scritta con sentimenti,
rimane nel cuore della gente
e non muore mai.
Lo scienziato ha una legge da rispettare,
la matematica non può essere modificata.
Il poeta vola in alto,
spalanca le porte del cuore
e grida al mondo intero: sono libero!

LA MENTE UMANA

Nella mente nasce una stella
E il pensiero s'illumina.
Ma quando nascono tante stelle,
s'illuminano tanti pensieri,
formando una catena da diventare un'apatia.
Gli occhi vedono tante strade del sole,
in realtà solo una lo è.
Il cuore sente tutto ma resta fermo,
non sa qual è la via concreta da seguire.

UN SILENZIO DI SOLITUDINE

Lassù, sulle montagne,
una piccola casa, sola,
nell'ombra dell'alba.
Un silenzio di solitudine,
che solo dall'ululare dei lupi,
viene infranto.

INFINITI SENTIMENTI

Correre all'infinito,
lungo la spiaggia del paradiso,
bagnarsi i piedi nel mare,
senza stancarsi mai;
mano nella mano,
guardiamo il sole tramontare.
Il vero amore è fresco come una mora,
che lascia sulla bocca il sapore.
Quelle infinite carezze,
che sulla pelle, lascia una dolce brezza.
L'amore è come un viaggio nel libro,
dove la mente si sgombra e si libera;
con le ali di una colomba,
all'infinito voliamo
e ancora oltre sogniamo.

SOGNARE ANCORA UNA VOLTA

Osservo il tramonto,
vedo i loro volti
dipinti da quei raggi rosso arancio,
un po' vivaci.
Mi sorridono, un sorriso di luce speranza;
la speranza di poterli sognare,
ancora una volta, e abbracciarli.
Un soffio accarezza il mio viso,
sento fischiar il suono del vento,
è la loro voce che mi dicono
"siamo una squadra".
Vedo i loro occhi brillar,
come stelle cadenti
che aspettano un desiderio da realizzare,
un desiderio di poterli sognare,
ancora una volta, e abbracciarli.

NEL CUORE DI UNA ROSA

Da una bianca luce,
investito ti senti.
I battiti coinvolgenti…
Bum, bum, bum, bum…
Che da una rosa avverti lontano, lontano.
Nel suo cuore,
una favilla si accende che lento, lento,
con ritmi leggeri, si muove.
Una candida candela nasce
Tra quei setosi petali,
che verso la strada del desiderio ti guida.

LA ROSA AMICA

Una lacrima scivolò sul mio viso,
cadde a terra,
come una goccia da una fontana.
Da un seme spoglio,
una rosa d'oro nacque,
una lacrima di dolore le donò la vita.
Da quel fiore di stella,
una luce illuminò i petali
e da tanto bagliore, apparve un angelo donna.
"Non sei anormale, devi essere te stessa,
mostrare la Iolanda migliore".
La morale di un angelo,
il mio cuore infante mostrò;
come una frutta ancora acerba,
cercai di nutrirmi di queste parole.
La neve scese candida,
la rosa in un ghiaccio si trasformò
e un soffio di vento gelato,
colpì il mio cuore caldo.
Sentii un martello picchiarmi in testa,
come un chiodo fisso.
Un uragano mi trasportò,
lontano, lontano,
in un labirinto senza uscita.
La cometa illuminò una strada, un po' contorta,
e mi guidò verso l'uscita.
Le porte del cuore spalancai e la rosa ritrovai, candida,
ma non come una volta.

UNA SINFONIA D'AMORE

Un semplice anello,
diventò un pegno d'amore
e i nostri cuori che palpitano,
son note di melodia;
una musica di emozioni,
che lascia al nostro sguardo innamorato,
una sinfonia di dolcezze.

LA PRESENZA D'UN NARCISO

In un giorno di profonda malinconia,
il gocciolar d'una fontana,
diede vita ad un narciso,
che con il suo profumo, tanto sublime,
asciugò il lacrimar dei miei occhi.
Da un dolce ascolto,
nacque un frutto di consolazione,
che con i suoi colori, un po' vivaci,
donò un sorriso d'ironia.
Da una parola di conforto,
diventò padre della mia anima,
e il dono di un fiore,
regalò la speranza
che una vita possa ancora vivere.
Ed ora per sempre,
la vita di un narciso
è un dono della sua presenza.

IL NOSTRO PRIMO BACIO

Nel cuore di una notte
La mia testa scoppiò,
come un'esplosione di un vulcano.
I brividi di freddo
invasero il mio corpo,
ma tu con un abbraccio,
con una dolce carezza,
una fiamma nacque nel mio cuore.
In quel cielo brillarono stelle
Come lucciole ferme;
e pensando che la luna,
allungando il braccio,
si potesse toccare.
È lì, sotto quell'incanto,
nacque il nostro primo bacio.

UNA TELEFONATA

Una scossa di un lampo
Colpì la mia mente
Da rendermi cieca
Ad ogni azione compiuta.
Ma una telefonata,
con tanta premura
e con un sorriso di ottimismo
sempre vivo nel tuo cuore
come il fuoco ardente
che non si spegne mai,
ogni ombra
si levò dal mio pensiero.

LA PRIMAVERA

Dopo un lungo tempo di fredda tensione,
un filo di luce,
il canto degli uccelli,
con la voce del vento
generano bufere rivoluzioni
per spalancare la porta della rinascita
al suono primavera.

UNA RISPOSTA

Avevo tra le mani
Un foglio appuntato,
quasi bianco,
un po' disordinato;
quel punto interrogativo
che dà l'impressione
di non avere risposta.
Mi voltai e vidi te
Con quel volto burbero,
Un po' curioso,
in attesa della mia risposta.

UNA DOLCE VITA

Una dolce vita
Lacrimava sudore
Sulle strade del deserto
Dove i pozzi d'acqua erano assenti.
Con le mie candide mani
la trasportai
dove una povera fontana
lasciò una goccia d'acqua
sul suo arso becco.
Su un albero la posai
E la sua anima si riposò
Aspettando che il suono del vento,
la sollevi oltre la luce del sole.

SOGNI E DESIDERI

Nella notte nascono sogni,
di giorno nascono desideri
che se realizzati
riempiono il tuo sguardo
pieno di emozioni
e di battiti,
di sorrisi e di luce.

LA STELLA DELLA VITA

Nella notte fonda,
da un cielo spoglio,
nasce una favilla
che brilla più di una stella.
Una luce più del giorno
Che dipinge sorrisi al mondo,
un dono in cui c'è speranza…
si chiama vita.

IL SUONO DEL VENTO

Il suono del vento
Trascina il danzar del mare
Sul silenzio di una roccia
Che subisce in solitudine
La melodia delle onde.
La forza della sua calma
In un mare in tempesta,
dona pace alla guerra
con un semplice canto.

IL SAPORE DI UN BACIO

Notti confuse,
tra uragani e tempeste,
da un cielo spoglio
privo di stelle,
brillava una favilla.
I suoi enormi raggi
Palpitavano
Al ritmo di un cuore,
un'emozione
che lasciò il sapore di un bacio,
di petali e di rose,
sulle nostre setose labbra.

LE CATENE DELLA CONFUSIONE

Non pensare
Di osservare il mondo
E scoprire i suoi misteri,
la vita diventerebbe un labirinto.
Osserva lo sguardo
Della tua anima,
una freccia di luce
illumina i tuoi pensieri,
spesso in conflitto.
Chiudi gli occhi
E sogna di volare
Oltre il cielo blu,
liberando la tua mente
e il tuo cuore
dalle catene della confusione.

LA STELLA DELL'AMORE

Notti piene di stelle,
lassù, al centro dell'universo,
brilla una favilla
dove girano colori
uniti da un bianco puro.
Una luce che cade
Di fronte ai miei occhi
Dove incontrerò l'amore
Che ho sempre sognato.

I MISTERI DEL FIRMAMENTO

Non cercare di scoprire
Oltre i misteri del firmamento,
tale da renderti cieco.
Chiudi gli occhi
E ascolta il tuo cuore,
una favilla brillerà
di fronte ai tuoi sguardi
pieni di luce.

POESIA E MUSICA

Il calar del fuoco
Lascia stracci di luce sul mare
Creando parole e poesia,
e l'infrangersi delle onde
sul silenzio degli scogli
lasciano una melodia
di note e di musica.

LA SAPIENZA

Nel cuore della notte
Brilla una stella
Che con la sua intensa luce,
illumina il cielo spoglio
lasciando che i tuoi occhi
osservino oltre la sapienza.

SOGNO E REALTÀ

Sogno e realtà,
così tanto distanti
per l'occhio umano
ma basta avere l'anima
per capire che i due poli della vita
seguono un'unica strada
per raggiungere
la cima di una montagna.

I SENTIERI DELLA VITA

Imbattersi in nuovi sentieri della vita,
come un nomade in cerca di avventure,
per scoprire nuovi orizzonti
illuminando la mente di sole
dove l'anima diventa sempre più chiara.

I PENSIERI

I pensieri sono come i colori,
lasciano sempre qualche sfumatura
ancora da scoprire, un mistero
che assorbe tutta la sua luce
come la luna che si veste da sole,
per risplendere la notte.

UN DONO DELLA LUCE

I miei occhi
Osservano oltre
L'estremità del firmamento,
per scoprire la luce
nascosta al di sopra dell'universo.
Leggo nei suoi pensieri
E scopro i misteri del mondo
Che si nascondono
Nell'inconscio dell'umanità.
Non è magia,
ma un dono della luce.

LE EMOZIONI D'UN AMORE

Il nostro amor leggero,
come una piuma d'ali,
scende adagio, adagio…
nell'immensità dell'oceano.
Le onde del mare
minacciano guerra ai nostri cuori solitari,
mano nella mano,
combattiamo con la forza del nostro amore,
tanto vero quanto il luminar del sole.
Ad ogni nostro sguardo
È un raggio di luce
Che, come un lampo,
colpisce i nostri occhi pieni d'incanto.
Lo sfiorar delle nostre mani
Accende una candela
Ed ora per sempre, un bacio,
unisce le nostre vite in una sola anima.

L'IMMAGINE DELLA LUCE

In una povera stanza mi trovai
E da una finestra
Entrò un raggio di sole
Che con i suoi colori creò un dipinto.
Dopo una lunga tempesta di sofferenze,
da quell'immagine riflessa sulle mura,
nacque una luce che illuminò i miei occhi ciechi
e con il calore del suo amore
riscaldò la notte più fredda del mio cuore.
Al risveglio della mia coscienza,
un serpente strinse la mia gola,
sul punto di morir,
con la forza di coraggio,
mi liberai da questa morsa.
Aperti gli occhi
In una stanza buia mi trovai,
ma col pensiero rivolto all'immagine,
nel mio cuore rinacque la fede
e con la luce dei miei occhi,
vidi la purezza della vita e dell'amore.

RINGRAZIAMENTI

Ringrazio alla mia famiglia per avermi sostenuta. Ringrazio a tutti i miei amici, parenti e conoscenti per aver creduto in me.

Ringrazio a Cristian Segnalini e a tutto lo staff della Viversi Edizione e a tutto il gruppo della WritersEditor per aver realizzato ancora una volta il mio sogno.

Ringrazio i Testimoni di Geova per le loro preghiere. Un ringraziamento speciale al Nostro Divino Amore per avermi donato questo prezioso talento.

Ed immancabilmente ringrazio a voi lettori per aver apprezzato la mia opera. Grazie di cuore a tutti!!!

INDICE

BIOGRAFIA

Iolanda Ferraro è nata a Benevento il 25 gennaio 1991 e cresciuta a Montesarchio (BN). Ha frequentato il liceo scientifico "E. Fermi" di Montesarchio. Dopo aver conseguito il diploma di maturità ha frequentato uno stage per ottenere la qualifica di tecnico commerciale marketing all'ente di formazione New Form di Montesarchio.

A 18 anni ha scritto la sua prima poesia intitolata "Il viaggio" e da allora, ha sempre continuato a scriverle. Ha scoperto di avere questa passione nei momenti più difficili della sua vita ed è diventata la sua dolce compagna di viaggio. Si è ispirata allo stile dantesco-pascoliano poiché è stata affascinata dal loro modo di scrivere e su tali principi ha imparato a comporre poesie con creatività ed immaginazione.

Grazie a questo nuovo modo di vedere le cose ha scoperto un mondo diverso, cogliendo ogni minimo particolare di ciò che le circondava e da cui sono nati dei pensieri filosofici e ancora oggi arricchiscono le sue poesie. Nel 2020 pubblica la sua prima raccolta "I pensieri della vita e dell'amore" edita dalla casa editrice Writers Editor e nello stesso anno è stata candidata al Premio Napoli. "Una vita sotto il sole" è la sua seconda pubblicazione edita dalla casa editrice Viversi Edizione.

Viversi

E D I Z I O N E

www.shopwriterseditor.it
direzionewriterseditor@gmail.com

Finito di stampare nel mese di Marzo 2023
per **Viversi Edizione** – Roma

Printed in Great Britain
by Amazon